Tag für Tag. Sonnentage

Beate Charlotte Brett

Herstellung und Verlag:
Books on Demand GmbH, Norderstedt
ISBN 978-3-8391-1910-5

Erinnerungen

Erinnerungen sind etwas Komisches. Ein Duft, eine Melodie oder ein Bild können einem einen Menschen, der schon lange tot ist, augenblicklich wieder ins Gedächtnis rufen. Bei mir sind es die Schneeglöckchen, die jedes Jahr im Februar oder März, wenn sie ihre weißen Köpfchen das erste Mal zeigen, Erinnerungen an meine Großmutter wecken. Denn die kleinen zarten Pflänzchen erinnern mich an die Schneeglöckchen, die ich mit ihr vor mehr als zehn Jahren in einem kleinen Wäldchen in der Nähe ihrer Wohnung ausgebuddelt habe und die jedes Jahr immer wieder bei meinen Eltern vor dem Küchenfenster genau dort blühen, wo ich sie damals eingesetzt habe.

Und dann tauchen weitere Bilder auf. Bilder, die mich zum Lächeln bringen, aber auch den Kloß in meinem Hals immer größer werden lassen. Bilder von gelben Mirabellen, die wir in demselben Wäldchen gefunden hatten wie die Schneeglöckchen und die dann bei ihr im Wohnzimmer in zwei großen Eimern herumstanden und später in Gläser eingeweckt wurden. Auch das Bild eines alten roten Ohrensessels neben einer vergilbten Stehlampe, in dem meine Oma immer saß und Handarbeiten machte, erscheint vor meinem inneren Auge. Ebenso wie die vielen Töpfe mit Alpenveilchen, die bei ihr auf der Blumenbank standen und die sie mit größter Sorgfalt pflegte.

Und wenn dann ihr schmales Gesicht mit den

dünnen grauen Haaren und ihre faltigen schmalen Hände vor mir auftauchen, dann bin ich restlos verloren. Unwillkürlich erinnere ich mich daran, wie sie manchmal am Tisch gesessen hat, der Kopf auf ihren verschränkten Armen lag und sie ein Nickerchen gehalten hat. Mit jeder neuen Erinnerung kommt eine weitere. Ich sehe mich wieder in dem kleinen kalten Schlafzimmer, wie ich in dem großen Doppelbett liege und unter den furchtbar schweren, aber wärmenden Daunendecken fast verschwinde. Und ich rieche die Salami oder die Leberwurst, die hier am Griff des Fensters hängt, weil sie in dem kalten Raum länger frisch bleibt. Dann gehe ich wieder die steile Treppe zum Keller hinunter und eine völlig andere Welt öffnet sich vor mir. Ich stehe im Halbdunkel vor den Regalen, die voll sind mit eingeweckten Leckereien. Kirschen, Pflaumen, Erdbeeren, alles was ich so gerne esse. Und ich schmecke plötzlich wieder die verlorenen Eier mit Senfsauce auf meiner Zunge, die mir nur bei meiner Oma richtig gut geschmeckt haben. Ich stehe mit ihr an dem alten Kohleherd und rühre mit dem Kochlöffel die Soße um. Ich bin dann wieder die zwölfjährige, die mit ihrer Großmutter Lebensmittel einkaufen geht oder einfach nur spazieren. Ich bin wieder das Mädchen, das es gehasst hat zu jeder Zeit, egal ob Tag oder Nacht, ob Winter oder Sommer, über den Hof zu gehen und das Plumpsklo zu benutzen, weil meine Oma kein eigenes Badezimmer hatte.

Anstatt die Erinnerungen zu verscheuchen, will ich sie verstärken. Ich nehme den kleinen, in silberner Seide eingebundenen Kalender, den ich von meiner Großmutter geerbt habe aus meiner Schreibtischschublade heraus und blättere ihn langsam durch. Wenn ich dann ihre Handschrift sehe und die Worte lese, fallen mir gleich wieder ihre zwei Brillen ein, die sie in einer schweren Glasschale auf der Küchenkommode aufhob. Wenn sie Briefe schrieb oder Socken stopfte, brauchte sie ihre Nahbrille, die sie sich jedes Mal wieder aus der Schale holte und gegen die Fernbrille auf ihrer Nase austauschte. Mit jeder Erinnerung, die ich wieder aufleben lasse und festhalte, komme ich meiner Großmutter ein Stück näher. In mir verbreitet sich ein Gefühl der Freude und der Trauer, so dass ich befürchte, ich könnte Lachen und Weinen zugleich.

Wenn ich dann all meine Erinnerungen hervorgekramt habe, bin ich am Schluß wieder an dem dumpfen Schmerz angekommen, den ich verspürte, als ich bei der Beerdigung vor dem Grab meiner Oma stand. Ich erinnere mich an die Tränen, die ich vergossen habe, weil am Anfang die Erinnerung so schmerzhaft war. Aber jetzt freue ich mich jedes Jahr wieder auf die Zeit, wenn die ersten Schneeglöckchen blühen, weil dadurch Erlebnisse an einen Menschen wach werden, der mir viel bedeutet hat und den ich so nie vergessen kann.

Besuch von ausserhalb

Es war eine dieser warmen Spätsommernächte, in denen noch der Duft der blühenden Blumen in der Luft hing, der Mond hell schien und die Nacht so klar war, dass jeder einzelne Stern hell erleuchtet zu sehen war.

Mein Wecker zeigte an, dass es fast Mitternacht war, aber ich konnte nicht schlafen, denn eine Etage unter mir weinte das Baby meiner Nachbarn, die ihren Nachwuchs erst einen Tag vorher aus dem Krankenhaus mit nach Hause gebracht hatten. Zwei Tage vorher war ich gegen Mittag in einen Regenguss geraten und völlig durchnässt worden. Als Ergebnis hatte ich eine tüchtige Erkältung, die sich auch noch dadurch verschlechtert hatte, dass ich die ersten Anzeichen - Halskratzen und Gliederschmerzen - ignorierte. Jetzt quälten mich Niesanfälle, eine verstopfte Nase, erhöhte Temperatur und ein Schmerzen in meinem ganzen Körper. Obwohl ich eine Schmerztablette und ein Grippemittel eingenommen hatte, fühlte ich noch immer das Pochen hinter meinen Schläfen. Ich wälzte mich von einer Seite auf die andere. Um mich abzulenken und ein bißchen frische Luft in mein Zimmer zu lassen, öffnete ich mein Fenster und genoß die herrliche Nacht. Ein leichter Windhauch wehte in mein Zimmer und brachte mir den süßen Duft der Rosen, die unten im Garten vor dem Haus standen. Plötzlich schwirrte ein weißes Licht an meinem Fenster vorbei. Es war viel größer als das Glühwürmchen, dass ich einmal als kleines Mädchen gesehen hatte. Ein Kugelblitz war es sicher auch nicht. Ich schaute ihm nach und glaubte einen riesengroßen weißen Schmetterling zu erkennen. Voller Überraschung rief ich, mehr zu mir als zu ihm: "Hey, was bist du denn?".

Das Licht stoppte und kam auf mich zu. Ängstlich schloss ich rasch mein Fenster, riss die Jalousie herunter, sprang in mein Bett und verkroch mich unter der Bettdecke. Da meine Neugier größer war als meine Angst, schob ich die Decke direkt vor meinen Augen ein wenig zur Seite, so dass ich durch einen kleinen Tunnel etwas sehen konnte und beobachtete, wie das Licht ohne Schwierigkeiten durch das Glas hindurch glitt. Ich blinzelte kurz, um wieder einen klaren Blick zu bekommen und als ich erneut hinsah, erkannte ich, was vor mir stand, nein, eigentlich vor mir schwebte.

Er war klein, vielleicht fünfzig Zentimeter groß und ziemlich dünn. Alles an ihm war weiß: sein Gesicht, seine Haare, sein Körper, sein Anzug, sein Zylinder und sogar sein kleiner Ziegenbart. Nur seine Augen schimmerten in einem dunklen Braun, in dem sich kleine hellgrüne Spritzer tummelten. Sein Blick war warm und intensiv, wie ich es bei einem Menschen nur selten gesehen hatte. Wenn das Mondlicht in einem bestimmten Winkel auf ihn fiel, hatte ich für einen Augenblick den Eindruck, dass ich durch ihn durchsehen konnte. Seine Flügel waren zart, milchig und hatten die Form von

Schmetterlingsflügeln. Dennoch waren sie größer als bei diesen und passten proportional genau richtig zu seinem Körper.

Zuerst hielt ich ihn für einen Außerirdischen und starrte ihn nur an. Ich war davon überzeugt, dass ich träumte oder eine Fieberphantasie mich überfallen hatte. Mein Besucher würde sicher gleich wieder verschwinden, wenn ich wieder in der Realität wäre. Also schloss ich meine Augen, atmete tief durch, öffnete sie wieder und erblickte das lächelnde Männchen noch immer vor mir. Da er anscheinend nicht von alleine verschwand, beschloss ich die Gelegenheit zu nutzen, um meinem Besucher einige Fragen zu stellen. Doch was fragt man einen Außerirdischen?

Zum Glück war er nicht so zurückhaltend wie ich. Wahrscheinlich war er diese Reaktion von Menschen gewöhnt.

Er setzte sich auf die Querseite meines Bettes, lehnte sich mit dem Rücken an den Bettpfosten und schlug die Beine übereinander. Dann fragte er mich: "Willst du nicht wissen, wer ich bin?"

Überrascht schaute ich ihn an. Ich konnte verstehen, was er sagte. Also musste ich ihm auch antworten. Schließlich hatten meine Eltern mich gut erzogen.

"Nun, ich denke du bist ein Außerirdischer, oder?"

Er lächelte ein gütiges Lächeln und flüsterte dann fast beschwörend: "Sag das bloß nicht so laut. Sie mögen es nicht, wenn sie mit uns verwechselt werden. Nein, ich bin ein Engel."

Ich sah ihn mit weit aufgerissenen Augen an und alles was ich antworten konnte, war: "Aber du siehst nicht wie ein richtiger Engel aus."

„Oh, wirklich. Wie sieht den ein 'richtiger' Engel aus?"

Natürlich hatte ich seinen sarkastischen Tonfall bemerkt, als er das Wort „richtig" aussprach. Deshalb musste meine Antwort gut sein.

„Nun, er sollte auf jeden Fall Flügel aus Federn haben und eine menschliche Figur. Ich denke; es gibt weibliche und männliche Engel. Vielleicht auch Tiere als Engel."

Ein Seufzer kam von meinem Gegenüber. Irritiert schaute ich ihn an, doch ich sprach weiter.

„Und ein Engel sollte ein Strahlen haben. Aber er sollte nicht so durchsichtig sein wie du."

Eine kurze Weile herrschte Stille. Ich wartete

gespannt auf seine Antwort.

„Engel treten in verschiedenen Erscheinungen auf. Am meisten in der Gestalt eines Menschen, nie aber eines Tieres. Denn Tiere haben oft von Natur aus ein gutes Herz, es sei denn, sie werden von ihren Besitzern falsch erzogen."

Kurz unterbrach er seine Worte und schaute aus dem Fenster. Es schien als ob er irgendetwas gehört hatte:

„Jeder Engel hat eine bestimmte Aufgabe und danach richtet sich dann auch sein Aussehen."

„Was ist deine Aufgabe? " wollte ich wissen.

Er legte seinen schmalen dünnen Finger auf seine bleichen Lippen und flüsterte verschwörerisch:

„Das darf ich dir eigentlich nicht sagen."

„Oh, wie schade." Ich war enttäuscht.

Wie oft konnte man schon etwas über die

Aufgaben eines Engels von einem Engel persönlich erfahren.

Ich konnte fast sehen, wie er eine Entscheidung darüber traf, ob er mir erzählen durfte, was ihn hierher verschlug. Auf einmal begann er zögernd zu sprechen:

„Also gut. Ich werde es dir sagen. Jedes Neugeborene kennt bei der Geburt das Geheimnis der Schöpfung. Damit sie es nicht verraten, kommt ganz schnell ein Engel und legt ihm seinen Finger auf den Mund und bittet es, das Geheimnis für sich zu behalten. Und so entsteht die kleine senkrechte Furche über der Oberlippe. Es ist der Fingerabdruck eines Engels."

Mir fiel das Baby ein, der kleine Junge, der seit gestern eine Etage unter mir immer wieder weinte.

Erstaunt sah ich ihn an: "Du warst vorhin dort unten ... bei dem Baby?"

Ein zaghaftes Nicken meines Besuches beantwortete meine Frage ziemlich eindeutig.

Ich gähnte, denn plötzlich bemerkte ich, dass ich meine Augen kaum noch offen halten konnte. Ich war kurz davor einzuschlafen.

„Ich gehe jetzt besser", sagte mein Gast.

„Nein, ich habe noch so viele Fragen. Mir geht es gut."

Das war das letzte, woran ich mich erinnerte. Danach waren mir anscheinend die Augen zugefallen und ich schlief auf der Stelle ein. Am nächsten Morgen kam mir die kurze Begegnung wieder in den Sinn und ich suchte nach Beweisen für die Existenz des Engels, der mich höchstwahrscheinlich besucht hatte. Denn da war ich mir gar nicht mehr so sicher.

Das durchsichtige Männchen stand mit hängendem Kopf vor dem hohen weißen Tresen. Eine tiefe Stimme war über ihm zu hören:

„Du hast schon wieder mit einem Menschen gesprochen. Wir haben dir extra diese Stelle gegeben, damit du kein Unheil mehr anstellen kannst und du schaffst es trotzdem immer wieder."

„Aber Sir, " die Stimme des kleinen Engels wirkte dünn," sie war doch ziemlich nett und ich konnte sie doch nicht anlügen."

„Aber sie war Autorin. Wer weiß, was sie über dich schreibt. Doch das ist nun zu spät. Geh jetzt. Wir haben ein neue Aufgabe für dich."

„Ja, Sir."

Das kleine Männchen drehte sich um und trippelte schnell davon. Leise murmelte es vor sich hin: „Vielleicht werde ich noch berühmt, wer weiß."

Von hinten kam ein tiefes Grollen: „Das habe ich gehört."

Haie!

Alana saß am offenen Fenster, als die Sonne langsam am Himmel empor kroch. Es war früh und die Kühle der vergangenen Nacht war noch deutlich zu spüren. Alana fror in ihrem dünnen seidenen Nachthemd, aber wenn sie an die klirrende Hitze und Trockenheit dachte, die sich im Laufe des Tages noch einstellen würde, genoß sie die Gänsehaut, die schnell ihren ganzen Körper überzog.

Hin und wieder sah sie in das dämmrige Zimmer, in dem Joseph noch im gemeinsamen Bett lag und tief schlief. Seufzend schaute sie wieder nach draußen und blickte auf vereinzelte Lichter der erwachenden Großstadt vor ihrem Hotel. Sie verstand nicht, dass Joseph noch schlafen konnte, wo sie doch in einer so aufregenden Stadt waren. Aber Alana hatte Joseph versprochen, dass er im Urlaub ausschlafen konnte. Schließlich musste er zu Hause als Briefzusteller schon ziemlich früh raus. Liebevoll blickte sie auf ihren Freund und sah, wie er im Schlaf leicht schmunzelte. Beim Anblick seiner kleinen Grübchen konnte sie ihm nicht böse sein.

„Soll er doch noch ein wenig schlafen", murmelte sie leise und wand sich wieder diesem traumhaften Sonnenaufgang zu, der in den schönsten Farben von hellem Blau bis dunklem Orange leuchtete.

Alanas Gedanken schweiften ab und sie musste an die ersten beiden Urlaubstage hier in Hammamet denken und die Zeit, die sie gemeinsam am Strand verbrachten. Doch der gelbe Sand war verschmutzt von herumliegenden Cola-Dosen, Bonbonpapier und Zigarettenstummeln, die die vielen Touristen immer wieder wegwarfen. Das sonst so tiefblaue Wasser des Meeres hatte durch die vielen Algenteppiche einen leicht dunkelgrünen Einschlag, der den Spaß am Schwimmen und Herumtoben minderte.

Und so hatten beide entschieden, den nächsten Tag auf dem Markt im Inneren der Stadt zu verbringen. Alana liebte es, durch ein Getümmel von Menschen zu gehen und die Geräusche und Düfte ihrer Umgebung aufzusaugen. Für Joseph war es eine weitere Möglichkeit seiner Fotografierleidenschaft zu frönen.

„Hast du alles, Jo" fragte Alana.

Joseph nickte. „Ja, wir können gehen, Ala."

Mit einem Fotoapparat behängt und bestückt mit einigen Sandwiches und zwei Flaschen Wasser machten sie sich kurz nach neun Uhr am Morgen auf den kurzen Weg in Richtung Innenstadt.

Sie kamen an blühenden Gärten vorbei, in denen herrlich duftende Blüten kleine Insekten, wie Bienen und Libellen, durch prächtige Farben anzuziehen versuchten. Sie liefen durch schmale Straßen und überquerten stark befahrene Alleen. Je näher sie dem Zentrum und damit dem Marktplatz kamen, desto enger wurden die Gassen, so dass die Sonne kaum einen ihrer heißen Strahlen zwischen die niedrigen Bauten schicken konnte. Alana und Joseph schlenderten in angenehmer Kühle im Schatten der Häuser und gelangten dabei Schritt für Schritt immer mehr in eine dichter werdende Ansammlung von hell gekleideten Menschen. Bald standen sie vor den ersten Verkaufsständen und wurden eingefangen von dieser neuen Welt.

Alana hielt vor einem Händler mit Tüchern an und fühlte mit ihren Fingerspitzen die zarten, seidigen Stoffe. Am nächsten Stand roch die junge Frau mit den langen braunen Haaren den starken, fast betäubenden Duft der abgeschnittenen roten, gelben und weißen Blumen.

Mit ihren Augen tastete sie die Formen der Holzfiguren ab, die neben dem Korbstand abgestellt waren. Währenddessen fotografierte Joseph jede ihrer Begegnungen mit dieser wunderbaren Kultur.

„Laß dich nicht von mir stören", hatte er gesagt, als Alana wissen wollte, ob sie irgendetwas beachten sollte. Wie ein Beobachter hielt er mit seiner Kamera fest, wie Lichtreflexe auf den goldenen Kannen, Pfeffermühlen und Töpfen Alana blendeten und wie sie verzückt der Flöte des Schlangenbeschwörers lauschte.

Die Sonne stieg immer höher und die flimmernde Luft wurde immer unerträglicher. Alana hatte sich bereits ihre Haare zu einem Knoten hochgesteckt und beide schützten ihre braunen Augen mit dunklen Sonnenbrillen. Die Sonne hatte Josephs blonde Haare noch mehr ausgebleicht, so dass sie jetzt schon fast weißblond aussahen. Beide wussten, dass sie von hier weg mussten, bevor die Trockenheit und die gleißende Hitze ihnen die letzten Kräfte raubten.

„Komm schon, wir müssen gehen. Es wird zu heiss", sagte Joseph.

„Wir kommen bestimmt noch mal her", versprach er und zog Alana fort.

Aber es fiel Alana und Joseph schwer sich von diesem Platz zu trennen, der sie in den letzten zwei Stunden mit seiner Magie und Exotik verzaubert hatte. Langsam gingen sie an den vielen Ständen vorbei, hielten für einen kurzen Moment im Schatten eines großen alten Hauses an und drehten sich um, damit sie noch einen Blick zurückwerfen konnten. Während Joseph schon fast in einer leeren und kahlen Seitenstraße stand, lief Alana einige Schritte rückwärts, um noch ein letztes Mal den gesamten Markt mit seinen Menschen zu sehen.

Plötzlich drehte sich Alana wieder nach vorn und was sie dort sah, ließ sie erstarren. Die leblosen und blutunterlaufenen Augen eines großen Hais glotzten sie an. Alana war nur eine Handbreit vor dem toten Tier zum Stehen gekommen. Es hing geschützt vor der Sonne kopfüber vor einem kleinen Fischgeschäft. Obwohl sich kein Lüftchen regte, schien es Alana, als ob der Hai vor ihr langsam hin und her schwankte. Oder war sie das etwa? Unerwartet stieß Alana einen kurzen, schrillen Schrei aus. Überrascht von ihrer eigenen Reaktion und dem unappetitlichen Anblick stand Alana wie versteinert auf der selben Stelle und starrte auf den toten Fisch. Es war ein unerträglicher Moment, der wie fest gefroren schien.

Joseph schaute zu Alana und sah das fast weiße

Gesicht seiner Freundin, die blutleeren Lippen und die weit aufgerissenen Augen. Er rannte zu ihre und riss Alana weg von dieser Stelle. Das nächste, was sie spürte, waren die warmen und schützenden Arme von Joseph, die sich behutsam um sie legten.

Den nächsten Tag verbrachten Joseph und Alana wieder am Strand. Eigentlich stand ein Besuch der Ruinen von Kerkouane auf dem Plan, aber Alana wollte einfach nur in der Sonne liegen, in ihrem Liebesroman schmökern und die Menschen beobachten, die sich am goldgelben Ufer einfanden. Sie wollte die Begegnung von gestern vergessen und am Strand konnte sie sich am besten entspannen

Joseph kam gerade aus dem Wasser und war über

und über mit glitzernden kleinen Wassertropfen bedeckt, die in der heißen Sonne dahin schmolzen.

„Komm doch mit ins Wasser, Schatz. Es ist wirklich herrlich."

Bittend sah er Alana an, die diesem Blick nur schwer wiederstehen konnte. Alana ging nicht gerne im Meer baden, da sie sich immer ein wenig unsicher fühlte. Denn in ihrer Kindheit hatte sie beim Schwimmen in der Ostsee als Zwölfjährige ihre Kräfte überschätzt und wäre beinahe ertrunken. Nur die schnelle Hilfe ihres Vaters hatte Schlimmeres verhindert.

Und wenn sie daran dachte, dass sich in diesem Wasser vielleicht solch ein Hai tummeln könnte, wie der, den sie gestern gesehen hatte, bekam Alana Angst. Sie blickte in die braunen Augen von Joseph und wußte augenblicklich, dass sie ihm seinen Wunsch nicht abschlagen konnte. Seufzend erhob sie sich.

„Na gut, aber nicht so lange und wir gehen auch nicht so weit rein", antwortete Alana.

„Gut." Zustimmend nickte Joseph.

Hand in Hand gingen sie ins Wasser, das angenehm erfrischend die Füsse der beiden umspülte.

Aus heiterem Himmel war ein gellender Schrei zu hören. Etwa zwei Meter von Joseph und Alana entfernt, stand eine rundliche Frau, die aufgeregt mit dem ausgestrecktem Arm nach rechts aufs Wasser zeigte.

„Ein Hai, ... oh, mein Gott, ein Hai. Sehen Sie doch!" rief sie verzweifelt. Alle Blicke richteten sich auf das dunkelgraue Etwas, ungefähr zwanzig Meter vor ihr, das mit viel Phantasie einer Haiflosse ähneln konnte und durchs Wasser glitt.

Alana verkrampfte sich und quetschte Josephs Hand. Wieder musste sie an den Hai und seine toten Augen denken. Und daran, wie sehr sie sich erschreckt hatte, als er vor ihr auftauchte.

Jäh wurde der graue Fleck größer und eine hellere bräunliche Gestalt kam darunter zum Vorschein. Der braungebrannte Oberkörper eines schmächtigen Knaben tauchte aus dem Wasser auf. Auf seinem Rücken war eine graue Flosse aus Gummi befestigt und auf seinem Kopf trug er eine hellblaue Schwimmbrille mit Schnorchel. Lachend sah er an Land und erfreute sich an den erschrockenen Gesichtern, die er hervorgerufen hatte.

Am Abend saß Alana wieder am Fenster und sah zu, wie die glutrote Sonne langsam im lilanen Meer versank. Sie dachte an die beiden Vorfälle mit den Haien zurück und mußte auf einmal schmunzeln.

„Dieser Lausebengel hat vielleicht für Aufregung gesorgt", flüsterte sie vor sich hin.

„Schatz, komm endlich ins Bett."

Auf Zehenspitzen schlich Alana zum Bett und kuschelte sich in die warmen Arme von Joseph.

S-Bahn-Liebe

Sie rannte die Treppen zum Bahnsteig nach oben.
Sie wollte auf keinen Fall die S-Bahn verpassen.
Nein, das wäre das Schlimmste, was ihr heute
passieren könnte. Denn seit gut einer Woche stieg
eine Haltestelle später der selbe junge Mann ein
und setzte sich im gleichen Abteil auf den
gleichen Platz ihr gegenüber. Und heute wollte
sie ihn ansprechen. Nachdem was gestern
geschehen war, mußte sie es einfach tun.

Das erste Mal war er ihr gar nicht gleich
aufgefallen. Als er an einem Donnerstagmorgen
in den Wagen kam, las sie wie gewöhnlich in
einem ihrer kleinen Taschenbücher, das sie
immer bei sich hatte, um sich die Zeit zu

verkürzen. Das kleine Buch von John Steinbeck hatte es ihr angetan. Sie war so vertieft in ihre Lektüre, weshalb sie nicht bemerkte, dass er einstieg und sich ihr gegenüber auf einen Platz setzte und sie anschaute. Erst als sie kurze Zeit später aufblickte, um sich umzuschauen, wo sie war, sah sie diese braunen Augen, die in ihre Richtung blickten. Und sie sah das Lächeln, das ihr galt. Doch was tat sie. Anstatt zurück zu lächeln, wurde sie nur rot im Gesicht und sah peinlich berührt wieder in ihr Buch zurück. Während der ganzen restlichen Fahrt schaute sie nicht ein einziges Mal auf. Das war ihre erste Begegnung und sie wollte am liebsten im Boden versinken, als sie vor ihm aus der Bahn ausstieg, und deshalb an ihm vorbei gehen mußte.

Am nächsten Morgen hatte sie sich eine Zeitung gekauft, hinter der sie sich verstecken wollte, wenn er ihr wieder gegenüber saß. Aber eigentlich glaubte sie nicht daran, dass er heute wieder im selben Zug sein würde. Schließlich gab es solche Zufälle ziemlich selten. Trotzdem hatte sie sich vorbereitet. Doch es kam anders. Der Bahnsteig war voll mit Menschen, die sich wütend und verärgert unterhielten oder einfach nur herumstanden. Zwei Züge waren ausgefallen wegen eines kleinen Unfalls. Als sie dann in das Abteil stieg, bekam sie keinen Sitzplatz mehr. Der Wagen war überfüllt und alle standen dicht gedrängt nebeneinander. Das machte sie ein wenig nervös und ihr Herz begann heftig zu schlagen. Denn ihre Zeitung konnte sie nicht benutzen. Was, wenn er doch wieder hier einstieg und ihr plötzlich gegenüberstand. Wahrscheinlich würde er sie wieder anlächeln und sie würde wieder krebsrot vor Scham werden. Nein, diesmal sollte ihr das nicht passieren, nahm sie sich vor. Sie drehte sich zum Fenster um und tat so, als ob sie gelangweilt raus schauen würde. Sie hoffte, dass er sie dadurch nicht sehen würde und sie konnte ohne weitere Peinlichkeiten diese Fahrt überstehen. Die nächsten Haltestellen schaute sie fortwährend aus dem Fenster und Straßen, Häuser und Menschen zogen an ihr vorbei. Nur noch ein Stopp und sie konnte endlich aussteigen. Mit größter Sorgfalt prüfte sie, ob alle Taschen noch geschlossen waren und nichts gestohlen wurde. Sie drehte sich um und wollte zum Ausgang gehen. Aber jemand stand ihr im Weg. Er war es. Die braunen Augen blickten sie erst ein wenig überrascht an und dann lächelten sie, ebenso wie der schöne rote Mund mit den vollen Kusslippen. Wieder wurde sie rot. Beschämt blickte sie auf den Boden und drängelte sich hastig an ihm vorbei. Er hatte es wieder geschafft, sie völlig aus der Ruhe zu bringen. Nur ein Blick von ihm genügte und ihr Selbstbewusstsein war dahin.

Das Wochenende war da und sie brauchte die nächsten zwei Tage nicht in die S-Bahn zu steigen und ihn zu treffen. Darüber war sie richtig froh. Denn so hatte sie genügend Zeit, sich eine Strategie zurecht zu legen, was sie am Montag tun würde. Ja, vielleicht konnte sie eine Sonnenbrille tragen. Es war schließlich Sommer und die Sonne schien den ganzen Tag. Da war es nicht sonderlich ungewöhnlich, auch in der

S-Bahn Sonnengläser zu tragen. Erleichtert genoss sie das warme und herrliche Wochenende, weil sie wusste, dass sie sich am Montag nicht wieder erwischt fühlen würde. Denn hinter ihren dunkelbraunen Gläsern konnte sie sich wunderbar verstecken und damit seinen Blicken ausweichen. Das Wochenende ging vorbei und eigentlich hatte sie keinen Gedanken an ihn verschwendet. Na ja, nur ein paar Mal dachte sie an seine braunen Augen mit den dunkelgrünen Flecken, die kleinen Grübchen, die sich auf seinen Wangen bildeten, wenn er lächelte und seine schön geformten Lippen, die zum Küssen richtig einluden. Aber eigentlich war ihr das kaum aufgefallen und sie hatte es schon fast wieder vergessen.

Der Montag kam und zerstörte über Nacht ihre

Pläne. Sie war aufgewacht vom Donnern des Gewitters, das gerade begonnen hatte. Es regnete, nein, es schüttete. Fassungslos und enttäuscht schaute sie aus dem Fenster. Sie konnte doch keine Sonnenbrille aufsetzen, wenn es regnete. Die Leute würden sie für verrückt halten. Was sollte sie jetzt bloß tun. Während des Frühstücks überlegte sie, was sie unternehmen könnte, um ihn nicht anschauen zu müssen. Ja, natürlich, der Regenschirm. Sie konnte sich damit beschäftigen, ihn immer wieder so zurechtzulegen, dass er nicht tropfte. Damit würde sie die paar Stationen schon hinter sich bringen. Mit Herzklopfen und Schmetterlingen im Bauch ging sie zur S-Bahn und stieg in den Waggon ein. Plötzlich fiel ihr etwas ein und sie blieb abrupt stehen. Warum war sie darauf nicht schon eher gekommen? Warum stieg sie nicht einfach in ein Abteil weiter hinten ein. Dann konnte sie ihn nicht sehen und müsste ihn nicht anschauen. Sie würde nicht mehr rot werden und alles würde wieder seinen gewohnten Gang gehen. Sie drehte sich zur Tür und wollte gerade einen Schritt nach draußen machen, als das Warnsignal ertönte und die Tür sich schloss. Zu spät. Heute musste sie es noch einmal überstehen. Aber morgen würde sie ihm aus dem Weg gehen. Wieder passierte dasselbe wie die vergangenen Tage. Er stieg ein, setzte sich ihr gegenüber, schaute sie an, lächelte sein Grübchenlächeln, sie wurde wieder knallrot und wich seinem Blick aus. Und den Rest der Fahrt ordnete sie die ganze Zeit die nassen Falten des Regenschirms immer und immer wieder. Er musste sie für eine Irre halten, die eine zu enge

Beziehung zu Regenschirmen hatte und auch noch extrem schüchtern war. Sie konnte gar nicht verstehen, was nur mit ihr los war. Sonst war sie doch nicht so leicht zu überrumpeln. Das Einzige was ihr half, die kurze Zeit in dem Abteil noch durchzustehen, war die Gewissheit, dass morgen alles vorbei sein würde. Endlich konnte sie aussteigen.

An nächsten Morgen ging sie mit leichtem und beschwingten Schritt zur S-Bahn. Heute war sie richtig aufgeregt. Es kam ihr wie ein Abenteuer vor, einfach in ein anderes Abteil zu steigen, um ihm damit auszuweichen. Sie setzte sich einen Wagen weiter hinten genau an die Scheibe, damit sie einen Blick in das andere Abteil werfen konnte, wenn er einstieg. Sie würde ihn sehen; er sie aber nicht. Wahrscheinlich würde er wieder sein freches Lächeln aufsetzen und dann erst würde er sehen, dass sie nicht da wäre. Aber es ist ihm bestimmt egal, oder etwa nicht? Nein, er würde sich einfach eine andere Frau suchen, die er mit seinen Blicken und seinem Lächeln nervös machen konnte. Nur würde sie diesmal nicht das Opfer sein. Als der Zug hielt, sah sie ihn schon draußen auf dem Bahnsteig stehen und darauf warten, dass sich die Türen öffnen. Erst jetzt fiel ihr auf, wie gut aussehend er war. Die dunklen, fast schwarzen Haare waren kurz geschnitten und passten gut zu seinem markanten Schädel. In seinem linken Ohrläppchen trug er einen kleinen Ohrring, der auf den ersten Blick gar nicht zu erkennen war; erst als er durch die Sonneneinstrahlung blinkte, sah sie den kleinen

Stein. Er war gut gebaut, wahrscheinlich trieb er Sport. Sie stellte fest, dass er genau ihr Typ war. Tja, wenn er sie nicht immer so frech anlächeln würde, wer weiß. Als sie sah, wie er in das Abteil stieg, begann ihr Herz wieder stärker zu schlagen. Jetzt bemerkte er, dass der Platz, wo sie sonst saß, leer war. Dann geschah etwas, womit sie nicht gerechnet hatte. Er sah besorgt und überrascht aus. Anstatt sich einer anderen Frau gegenüber zu setzen, schaute er sich gründlich im Wagen um. Aber sie war nicht da. Sie saß ja im anderen Wagen und beobachte, was vor sich ging. Wie immer setzte er sich auf seinen Platz und schaute auf den leeren Platz, wo sie sonst saß. Aber heute lächelte er nicht. Sie konnte nicht begreifen, was sie eben gesehen hatte. Sollte er sich wirklich Sorgen machen, darüber, wo sie geblieben war?

Er war doch nicht etwa an ihr interessiert? Aber warum hatte er sie dann nicht angesprochen? Noch bevor sie sich einen Reim auf die Dinge machen konnte, die geschehen waren, hielt der S-Bahnzug an ihrer Station und sie musste aussteigen.

Mittwoch. Sie hatte den ganzen gestrigen Tag damit verbracht, zu überlegen was sie tun wollte, wenn sie heute in die S-Bahn stieg. Und jetzt fuhr der Zug ein, sie stieg in das Abteil und wartete auf die nächste Station. Sie wusste nicht, ob sie das richtige tat. Sie wusste nur, dass sie es tun musste. Als er einstieg, blickte sie ihn lächelnd an und zeigte mit der rechten Hand auf den freien Platz neben sich. Überrascht schaute er sie an. Doch dann lächelte er und nahm neben ihr Platz.

Und dann sagte er mit dieser unglaublich weichen und tiefen Stimme: „Hallo, ich bin Tom. Schön dich endlich kennen zulernen." Bis zu dem Moment, wo sie aussteigen musste, redeten sie miteinander und lachten gemeinsam. Sie merkte, dass er gar nicht so frech lächelte, sondern einfach nur ihre Aufmerksamkeit wollte und sie wusste, dass sie nur ihre Gelassenheit verloren hatte und immer wieder rot geworden war, weil er ihr gefiel. Ja, er gefiel ihr ausgesprochen gut. Wenn sie etwas Glück hatte, konnte sie bald diese wunderbaren Lippen küssen.

Nachbarn

Er hatte es schon wieder getan. Der kleine weiße West Highland White Terrier Max saß still vor seinem Frauchen Susanne Friedrichs und schaute erwartungsvoll zu ihr hoch. Vor ihm lagen gelblich-weiße, haselnußgroße Stücke von Etwas, das Susanne das erste Mal nicht sofort identifizieren konnte. Aber diesmal wußte sie augenblicklich, was wieder passiert war. Max hatte die Köpfe der ersten Spargelstangen vom Beet ihres Nachbarn abgebissen und als Trophäen für sie mitgebracht.

„Frau Friedrichs", schrie eine tiefe Stimme von weitem. „Er hat es schon wieder getan."

Susanne blickte in die Richtung, aus der die Stimme kam und sah einen großen bulligen Mann den Weg zu ihrem Bungalow entlang laufen. Es war ihr Gartennachbar Herr Neubert.

„Oooh, dabei hatte der Tag doch so schön angefangen", murmelte Susanne und sah auf ihren Hund Max, der mittlerweile um sie herum lief und aufgeregt mit dem kurzen Schwanz wedelte. Auch er spürte die Gefahr, die für ihn von Herrn Neubert ausging.

„Sie haben mir doch versprochen, dass so etwas nicht mehr vorkommen würde."

Mit vorwurfsvollen Augen schaute der Mann, der gerade die sechzig überschritten hatte, sie an. Noch bevor Susanne reagieren und die verräterischen Beweise verstecken konnte, stand er schon vor ihr und sah die Beweisstücke auf dem Steinboden von Susannes Terrasse liegen.

„Sie wissen doch, wie lange es dauert, bis Spargel

geerntet werden kann. Vor drei Jahren habe ich ihn gepflanzt und in diesem Jahr habe ich nun meine erste Ernte. Nun, zumindestens sollte es die Erste sein. Aber ihr Hund beißt meinen Spargelstangen die Köpfe ab."

Aufgebracht fuchtelte Herr Neubert in der Luft mit seinen Armen herum. Seine Stimme wurde immer lauter und unbeherrschter.

„Einmal kann ich das verzeihen, weil er es nicht besser weiß. Aber das ist nun schon das zweite Mal. Sehen Sie doch, wie mein Spargel aussieht."

Und dann holte Herr Neubert eine der weißgelblichen Stangen aus seiner Jacke und hielt sie Susanne vors Gesicht. Es sah wirklich nicht besonders gut aus. Die Stange war als Spargel kaum zu identifizieren ohne ihren markanten

Kopf. Wenn Susanne genau hinsah, konnte sie sogar die Zahnabdrücke ihres Hundes erkennen. Sie konnte ihn ja verstehen, aber was sollte sie den tun.

„Herr Neubert, es tut mir furchtbar leid, was passiert ist. Ich verstehe ja auch nicht, warum Max die Köpfe von ihrem Spargel abbeißt. So was hat er noch nie gemacht. Wirklich."

Mir großen Augen blickte Susanne ihren Nachbarn an, während sich Terrier Max hinter ihr versteckt hielt. Anscheinend hatte er verstanden, dass es hier um ihn und seine Missetat ging. Nur wußte er nicht, was er falsch gemacht hatte. Schließlich hatte sein Frauchen schon oft von ihm verlangt, dass er verschiedene Gegenstände zu ihr zurück bringen sollte. Und das hier war eigentlich auch nichts anderes.

„Was kann ich tun, um es wieder gut zu machen?" fragte Susanne. Sie wollte ihren Nachbarn nicht verärgern, denn in den letzten vier Jahren, in denen der kleine Schrebergarten ihr gehörte, hatte sie den Gartenfreund oft um Rat und Hilfe gebeten und immer seine Unterstützung erhalten.

Herr Neubert überlegte einen Moment.

„Legen Sie ihn an die Leine, wenn er hier ist. Oder bringen Sie ihn nicht wieder mit."

Seine Stimme war hart geworden. Dann drehte er sich wortlos um und ging zurück in seinen Garten, um die Zerstörung, die Max angerichtet hatte, wieder einigermaßen zu beseitigen.

Drei Tage später lag Susanne in ihrem Sonnenstuhl und genoß die wärmenden

Sonnenstrahlen des Frühlings, während sie mit ihrer besten Freundin Claudia schwatzte. Nach langem Grübeln hatten die beiden endlich eine Lösung für Susannes Problem gefunden. Anstatt den kleinen Hund an die Leine zu legen und sich damit sein klägliches Bellen anhören zu müssen, überredeten sie Herrn Neubert sein Spargelbeete einzuzäunen, damit Max nicht wieder über das Gemüse herfallen konnte. Zwei Tage brauchten Susanne, Claudia und Herr Neubert, um den Lattenzaun aufzustellen, der hoch genug war, damit der Spargel vor Max in Sicherheit sein würde.

Endlich konnte Susanne wieder einen Tag im Garten richtig genießen, weil sie nicht jede Sekunde auf ihren frechen Hund aufpassen musste.

„Weißt du Claudi, wenn er wenigstens etwas Wertvolles mitgebracht hatte. Aber Spargelspitzen, also wirklich ...", sagte Susanne lachend.

Im selben Moment tauchte ein schwanzwedelner Max zwischen den beiden Frauen auf und legte etwas Glitzerndes vor Susannes Füsse. Erstaunt hob sie Max´ neueste Errungenschaft auf und erkannte, dass sie einen Ring in ihrer Handfläche hielt.

„Haltet den Dieb. Dieser verdammte kleine Hund hat meinen Verlobungsring geklaut", schrie von weitem eine schrille Stimme.

„Oh, nein was hast du jetzt schon wieder angestellt", fragte Susanne ihren Hund, der freudig um ihren Liegestuhl rannte, während

Claudia herzhaft lachte.

Wieder einer dieser Tage ...

Die ersten Sonnenstrahlen des Tages schienen durch das Fenster und kitzelten mich an der Nase, so dass ich durch die Wärme in meinem Gesicht erwachte. Müde blinzelte ich ins helle Licht und hoffte, dass ich noch ein paar Minuten schlafen konnte. Mit halb geschlossenen Augen schaute ich auf meinen Wecker und erkannte, dass es zehn nach sieben war.

„Oh schon", seufzte ich enttäuscht.

„Tja, da ist wohl Aufstehen angesagt!" versuchte ich mich, den begeisterten Langschläfer, zu motivieren. Für einen kurzen Moment kroch ich noch mal unter meine weiche Bettdecke, rollte mich zusammen wie ein Igel und genoss die mollige Wärme. Unbarmherzig riss mich der lange Piepton des Weckers aus meiner Entspannung. Langsam stieg ich aus dem Bett und wankte zitternd und fröstelnd der Tür entgegen. Als ich nach zwei Schritten schlaftrunken über meine große Einkaufstasche stolperte, die ich gestern Abend mitten im Zimmer platziert hatte, ahnte ich, dass es wieder einer dieser Tage werden würde, die man lieber im Bett verbringen sollte. Mit einem schmerzenden Zeh humpelte ich Richtung Bad. Als ich dort ankam, war es bitter kalt. Ein Blick auf das mit Eisblumen bedeckte Fenster und ein Tasttest mit der Hand an der Heizung sagten mir, dass sie ausgefallen war. Na großartig, draußen bewegten sich die Temperaturen von minus 10 Grad bis 0 Grad ständig auf und ab, meistens abwärts, und hier fiel die Heizung aus. In

Windeseile musste ich mich auch noch mit kaltem Wasser duschen und zog mich so schnell wie noch nie an. Als ich mit einem warmen und kuscheligen Mohairpullover und einer heißen Tasse Tee am Küchentisch saß, wurde ich langsam warm. Ich genoss meinen Toast mit Pflaumenmus und lauschte dabei den neuesten Nachrichten aus meinem Radio.

"Aufgrund der anhaltenden Kälte kommt es zu Überfrierungen und Glätte. Fahren Sie also vorsichtig", waren die letzten Worte des Sprechers, die ich hörte. Herrlich.

Ein Blick auf die Küchenuhr sagte mir, dass ich mich jetzt beeilen musste. Hastig schlang ich mir den Schal um den Hals, warf meine Jacke über, fasste nach meinem Schlüsselbund und meiner

Tasche und sauste in Richtung Tür. Im Rausgehen griff ich nach dem Enteiser für Autoschlösser, den ich immer griffbereit auf der Flurgarderobe zu stehen hatte. Heute brauchte ich ihn sicher. Draußen rannte ich fast die nette alte Dame um, die zwei Etagen über mir wohnte.

„Gehen Sie bloß nicht raus! Es ist furchtbar glatt draußen", schrie sie mir hinterher und als ich aus dem Haus trat, wusste ich sofort, was sie meinte. Mit letzter Not gelang es mir, mich abzufangen und so fiel nur meine Tasche herunter und der ganze Inhalt verteilte sich auf dem Gehweg. Vorsichtig und wie in Zeitlupe bewegte ich mich und hob ein Stück nach dem anderen auf. Nach gut fünfzehn Minuten hatte ich alle meine Sachen aus meiner Tasche wieder zusammen. Nachdem ich mich an den rutschigen Untergrund gewöhnt hatte, machte ich mich auf den Weg zu meinem Auto. Trotz aller Bedenken kam ich heil an, wenn es auch etwas länger gedauert hatte, als sonst. Ich stand vor meinem kleinen Mini, der ganz mit Eis und Schnee bedeckt war. Armer Hugo. Natürlich war das Schloss eingefroren. Aber deshalb hatte ich ja den Enteiser. Also tröpfelte ich ein paar Spritzer auf das kleine Schloss und zückte meinen Eiskratzer, um das Eis an den Scheiben meines kleinen Minis abzukratzen. Glücklicherweise hatte ich von den Erfahrungen der letzten Tage gelernt. Die Kälte hatte die Stadt schon seit gut einer Woche fest im Griff und Eiskratzen und Schlösserenteisen gehörten schon zum Alltäglichen. Nach zehn Minuten Gekratze und Geschramme war ich endlich fertig. Ich steckte meinen Autoschlüssel ins Schloss, doch nichts passierte. Auch mehrmaliges Probieren änderte nichts daran.

´Warum hat das Schloss nur so eine merkwürdig braune Farbe?` fragte ich mich irritiert und suchte meine Enteiserflasche hervor.

„Ungefähr zwanzig Minuten einwirken lassen. Bei stärkerem Farbeffekt etwas länger", las ich leise.

„Was für ein Farbeffekt?"

Überrascht schaute ich abwechselnd zwischen dem rotbraunen Schloss und der kleinen Plasteflasche hin und her. Als ich das Fläschchen dann etwas in meiner Hand drehte, erklärte sich plötzlich alles. Ich hielt meine Tönung in der Hand, mit der ich gestern Abend noch meine Haare gefärbt hatte und nicht meine bewährte Enteiserflüssigkeit. Na toll. Resigniert und etwas wütend schmiss ich die Plasteflasche in einen der Mülleimer, die neben dem Parkplatz standen.

Da würde ich wohl doch mit den öffentlichen Verkehrsmitteln fahren müssen. Das bedeutete endloses Warten und Verspätungen. Ich schlitterte zur Haltestelle, die glücklicherweise nicht so weit von meinem eingefrorenen Auto entfernt war. Die vielen Leute, die dort schon standen, bestätigten meine schlimmsten Erwartungen. Die letzte Bahn war vor 30 Minuten gefahren, erfuhr ich von einer älteren Frau mit Pelzmütze und roter Nase.

„Wahrscheinlich ist sie irgendwo unterwegs fest gefroren", murmelte ich vor mich hin. Ich verkroch mich in meinen Mantel und steckte meine Hände mit den schwarzen

Strickhandschuhen tief in die Taschen. Nur meine Nase konnte ich nicht verstecken und ich spürte, wie sie immer kälter wurde. Noch während ich mir Gedanken über Erste-Hilfe-Maßnahmen bei Erfrierungen machte, vernahm ich hinter mir das Rauschen der Straßenbahn, das langsam näher kam. Gleichzeitig hörte ich neben mir jemanden erleichtert aufatmen und ich konnte verstehen warum. Blitzschnell drängelten sich die Wartenden durch die sich öffnenden Türen in das Innere der Straßenbahn und durch die herrlich warme Luft begannen die Gesichter langsam aufzutauen.

Eine halbe Stunde später saß ich in einem kalten Zimmer in einem fast leeren Büro. Da hatte doch tatsächlich gestern jemand die Heizung abgestellt und ich musste jetzt hier frieren. Aber glücklicherweise wärmte die dann voll aufgedrehte Heizung den kleinen Raum in kurzer Zeit, so dass ich schon zehn Minuten später in angenehmer Wärme meine Post las. Nachdem alle meine Arbeitskollegen in der nächsten Stunde mehr oder weniger genervt im Büro ankamen, pegelte sich das normale Arbeitsleben langsam wieder ein. Es gab nur eine Sache, die uns alle ein wenig irritierte. Keines der Telefone hatte in der letzten Stunde geklingelt. Natürlich freute ich mich immer, wenn ich einige Zeit ungestört arbeiten konnte, aber das war schon etwas ungewöhnlich. Als ich dann einige Informationen zur Vervollständigung meines Konzeptes benötigte, wusste ich, warum es so ruhig war. Das Telefon war tot. Keines der elf

Telefone gab auch nur einen Laut von sich. Glücklicherweise konnte in der Zeit des Internets und der Handys trotzdem noch mit der Außenwelt kommuniziert werden.

„Plopp!" war das nächste, was ich hörte. Als ich mich zu meinem PC umdrehte, sah ich nur einen schwarzen Bildschirm. Aber ich war nicht die Einzige. Aufgeregte und wutentbrannte Stimmen waren aus meinem Nachbarzimmer zu hören; Stimmen, die ihre Computer beschimpften und ihnen sogar mit dem Tod drohten. Es blieben nur noch die Handys, um Hilfe zu holen.

Der Spezialist der Computerfirma versprach in der nächsten halben Stunde da zu sein.

„Aber sicher", sagte ich und stellte mich darauf ein, lange zu warten. Zwanzig Minuten später stand unser Fachmann vor der Tür.

„Das ist mein Glückstag heute", erklärte er, als er mein überraschtes Gesicht sah. Anscheinend hatte er diese Reaktionen heute schon öfters erlebt. Und alles was ich denken konnte, war: ´Wie schön für Sie. `

Nachdem der Computerprofi zwei Stunden damit verbracht hatte, die PCs zu untersuchen und wieder zum Laufen zu bringen, vermeldete er mit glücklicher Stimme und einem Lächeln: „Es ist ein Virus."

„Das darf doch nicht wahr sein. Und wie lange dauert es, bis alles wieder vollkommen in Ordnung ist?"

„Naja, ein paar Stunden bestimmt noch, denke ich."

Mit einer noch immer stummen Telefonleitung

und einem zusammengebrochenen Computersystem konnten wir kaum noch arbeiten. Die wichtigsten Schreibarbeiten wurden mit der einzigen Schreibmaschine des Hauses erledigt. Leider gehörten meine Unterlagen nicht dazu. Also beschloss ich, natürlich in Absprache mit meinem Chef, nach Hause zu gehen und dort weiter zu arbeiten. Gott sei Dank.

Als ich eine dreiviertel Stunde später endlich durchgefroren und ohne blaue Flecken wieder in meiner Wohnung angekommen war, wollte ich mich am liebsten im Bett verkriechen. Aber nachmittags um eins schon in die Federn gehen? Nein, stattdessen setzte ich mich an meinen PC und erledigte lustlos meine mitgebrachten Hausaufgaben.

Erst vier Stunden später, als ich vor einer heißen Tasse Milch mit Honig saß und sie löffelweise wegschlürfte, besserte sich meine Laune langsam. Meine Arbeit war erledigt und der Rest des Tages gehörte mir. Als ich dann aus dem Fenster nach draußen sah und beobachtete, wie einige winzige Schneeflöckchen sich in kürzester Zeit in große schwere Schneeflocken und dann in ein undurchsichtiges Schneetreiben wandelten, war ich froh, dass ich mich im Warmen und Trockenen befand.

Am Abend stellte ich erleichtert fest, dass ich diesen Tag eigentlich ganz gut überstanden hatte. Dennoch hoffte ich, dass ich so etwas nicht so schnell wieder erlebte. Schließlich kommen sie ja immer wieder, ... diese Tage, die man lieber im

Bett verbringen sollte.

Habt Ihr Anregungen, Kritik oder Vorschlage. Schreibt an beatecharlottebrett@yahoo.de. Vielen Dank.